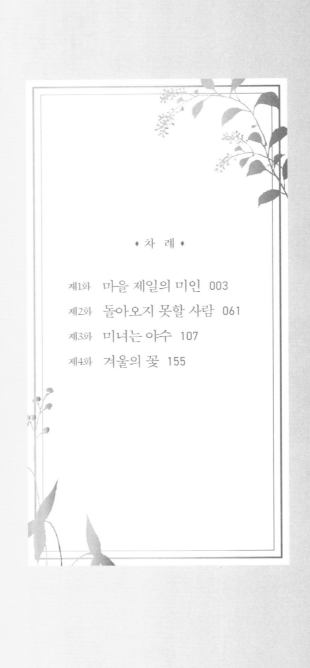

◆ 차 례 ◆

저희 여관
'아즈마야'의 코앞을
흐르고 있는 우타강에는
정취 있는 울음소리로
유명한 기생개구리가
서식합니다.

때마침 요즘
시기에는
저녁매미와 서로
말을 주고받듯이
번갈아 울죠.

갈갈갈

어머나—
총각처럼 잘생긴
개구리면
로맨틱하겠네.

가,
감사합니다…

우타강의
시간

거 아쉽네. 가지카자와 온천의 이름은 거기서 온 건데.

그렇군.

서식 지역이 약간 상류로 옮겨갔는지

요즘엔 온천 마을 근처에서 안 보이더라고요.

예전엔 엄청 울었는데.

그러고 보니 요즘 가지카강에선 울음소리가 안 나.

그러게요.

가지카자와 온천은 야마가타현 북부를 흐르는 가지카강 양쪽 기슭에 있는 숙박시설 스물다섯 채와 가게 몇 개, 공공시설로 이루어진 작은 온천 마을이다.

그러니 네가 집을 짓는 거지~

어머, 개구리가 이사도 해~?

앞이 내다보이지 않는 이 깊은 산골의 온천 마을 그 자체 같다.

마치 미로 같은 이 풍경은

브이(V) 자로 깊게 파인 계곡에는 평지가 거의 없다.

띠 링──

그래서 암벽에 찰싹 달라붙은 형태로 조성된 이 마을에는, 사람 한 명이 겨우 지나갈 정도로 좁은 골목이 여러 개 나 있다.

다에!

저는
안전제일
이지라요!
저
자전거는
속도위반
이에요!

정신
똑바로
차려
야지!

총각이
여학생에게
졌다!

저 처자,
참 빠르네~

어머,
자전거 탄
처자에게
추월당했어~

10

음?

이런! 몇 번인지 여쭙는 걸 깜빡했다!

앗!

독탕을 바로 이용하시 겠대요.

야마모토님 도착 하셨어요.

1번 이야.

그래?

그럼 준비 할까?

그 사람은 언제나 1번 '파초탕'에만 들어가.

네?

다에는 알고 있더라.

흐음? 등산을 즐기는 분이었나요?

네?

그 탕에서 가타비라산이 제일 잘 보여.

다에 녀석! 알바 계속할 거란 얘기는 한마디도 안 했으면서! 애당초 알바하고 있을 때야? 대학 갈 거면…

해볼래?

야마모토님은 '파초탕'으로 안내하면 되냐고 확인하러 왔었다.

그 녀석, 의외로 이쪽 장사에 소질이 있다고.

단골손님 정보를 이미 파악하고 있어.

그 사람은 41.5도의 물을 좋아한다.

해봐.

네?

12

너무 많이 넣지 마라.

대욕탕하곤 다르니까.

네. 아…

꿀꺽

선대 사장님과 온천수 관리자 구라이시 아저씨가 고안해낸 시스템이다.

이를 잘 섞어서 성분 변화 없이 적정 온도로 맞춘다.

'0.5'는 뭐람!

그런 미묘한 온도를 조절할 수 있을 리…

'아즈마야'에는 두 줄기의 원천이 있고 성분은 거의 같다.

차이점은 온도. 제1원천은 65도, 제2원천은 23도의 냉수다.

49도!

너무 많이 넣었어.

그럼 50도까지 올라가 버려.

그쵸?

안 돼. 이건… 여기선 못 써.

성분 좀 봐주세요.

전부 원래 쓰던 거로 도로 바뀌놨어요.

손님이 오기 전에 바뀌놔서 다행이에요.

엄마가 이걸로 바꿔놨더라고요.

샴푸랑 린스도 있어요.

아로마 보디 워시.

음?

뭐지?

아… 아로마?

'아즈마야'뿐 아니라 마을 주민과 관광객 모두가 이용하는 마을 공동탕의 관리도 맡고 있다.

구라이시 아저씨에게 조언을 구하는 숙소도 많다.

장미향이 들어 있어.

샴푸랑 린스도 마찬가지고.

현재 여사장님의 조카딸이다.

오가와 다에는 질환으로 요양하고 있는 '아즈마야' 큰여사장님의 손녀딸로,

이 보디워시 봐봐.

뭐?!

응…

가즈키! 독탕 최종 확인한 거 너지?

어메니티 바뀐 거 눈치 못 챘어?

어… 어메니티?

16

다에는 어렸을 때부터 여기에 자주 왔기 때문에 마을 사람들하고도 이미 안면이 있다.

제대로 가르쳐 줘라

다에는 3년 전에 부모님이 이혼한 후 어머니의 고향인 이 마을로 이사 왔다.

여기는 기본적으로 유황천이야.

달달한 장미 향기랑 섞이면 악취가 날 수 있어.

냄새에 민감한 사람은 어지럼증이나 메스꺼움을 느낄 수도 있어.

대욕탕이면 몰라도, 좁은 독탕엔 금방 냄새가 가득차.

아직 수행이 부족하네.

그리고 절대로 동의할 수 없지만, 이 녀석을 이렇게 부르는 사람도 있다.

'마을 제일의 미인' 이라고.

가즈키!

그건
그래.

샴푸나 비누가
얼마나 남았는지는
확인해도
향기 성분까지는!

그건 내가
부주의했던
걸 수 있다
쳐도!

보통은
눈치 못
챈다고!

엄마가
인터넷으로 샴푸를
대량 구매 했길래
이상하다고
생각했어.

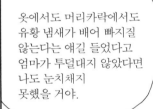

옷에서도 머리카락에서도
유황 냄새가 배어 빠지질
않는다는 얘길 들었다고
엄마가 투덜대지 않았다면
나도 눈치채지
못했을 거야.

도쿄에서
온
친구한테

여성 고객한테
좋을 거라
생각해서
하신 일
같은데…

그치만 확실히
그런 걸론
냄새가
없어지지 않지.

아…
그렇
구나.

…유황 냄새를
향이 강한
비누로 없애려
한 건가?

우리 엄마가
잘해보겠다고
나서는 일은 대개
그 모양이야.

게다가 고객을
생각해서
그런 것도
아냐.

단순히
자기가 좋아하는
꽃향기를
고른 것뿐.

형!

다에
누나!

흐ㅡ음?

'깊은 못 신고식'
이라는 것은
이 마을 어린이들이
여름에 즐겨하는
놀이다.

다리 위에서
그 깊은
곳을 향해
뛰어내리는

왜 거짓말해!
네가 밑에서
비키질 않아서
그랬던 거잖아!

마모루,
네가 애보다
훨씬 나아!

가즈키는
쫄아서
10분 넘게
다리 위에서
얼어
있었어!

온천 마을의
중심을 흐르는
가지카강.

그 강 상류에 있는
통칭 '이치노다리',
가지카대교 밑은
수심이 깊다.

그랬더니
애보다
다에가 먼저
뛰어
내려서―

다들 눈이
휘둥그레
졌다니까!

뭐어
~?!

정말?!

다에
누나,
굉장해
―

놀이라기보다
옛날엔
남자아이라면
피할 수 없는
통과 의례였다.

7년 전에 이 모습이
인터넷에 퍼지면서
위험하다고 논란이 돼
다리에서 뛰어내리는 건
금지되었다.

그랬다.

뭐래요~
이런
아줌마
한테.

냥스타에
올릴까?
'가지카자와
온천의 미인 모녀'
라고.

그나저나 다에가
아주 이~뻐졌네.
역시 엄마랑 딸은
닮나봐.

고마워.
고지씨는
참 상냥해—

아냐,
아야코씨가
얼마나
고운데~

갑자기
이 새침은
뭐지?!

당혹

?

그런 거
필요 없어요.

나중에
연락할게.

아아,
운전
하느라.

배달중인데
연락이
안 된다며.

하라
삼촌이
찾았어요.

고지
형.

올리고
싶으시면
엄마만
찍으세요.

뭔 얘기가
돌 줄
알고요.
저는
거절
합니다.

27

아유,
미안해~

쟤가 정말이지
애교가 없어.

原水産

네 눈은
옹이구멍
이냐?

다에도
입 다물고 있으면
엄마를 닮아서
인기가 꽤
많을 텐데.

근데 확실히
다에네 어머니,
나이에 비해
예쁘지 않냐—

아냐 아냐.
한창
부끄러운 게
많을 때니까
이해해.

넌 고지씨랑
사촌인데,
존댓말
쓰네?

나보다
열다섯 살이나
위인걸.

반말을
할 순
없잖아.

그러고
보니

말 그대로의
뜻이따만?

뭐어
?!

무슨
뜻이냐
?!

다에네 어머니
아야코씨.

옛날에
'마을 제일의
미인'이라고
불린 건
이 사람이었다.

29

저 바위!
내 이야기 까내지 마

뭐ー?!

잘생긴 오빠가 어렸을 땐 다리 위에서 뛰어 내렸답니다.

강변에는 늘 어른이 한 명쯤 있어요.

그치만 하류에 둑이 있어서 떠내려갈 일도 없고,

네.

그래?

그치만 꽤 높은 데서 뛰어 들던데.

포기해 저 녀석은 저런 녀석이야

뭐 늘 이런 식이지

잘생긴 오빠는 겁먹고 10분 넘게 얼어 있었지만요!

어억 어억
어억 어억

하아, 대단한 처자네~

다리 위에서?!

뭐ー?!

참고로 저도 뛰어내린 적이 있어요.

오오, 그랬구나.

갓파에게 아무쪼록 나쁜 짓을 하지 말아주세요,

다리 위에서 뛰어내리는 용기를 보여주며

'깊은 못 신고식'이라고 옛날부터 전해 내려오는 놀이예요.

응 역시

목숨을 빼앗아가지 마세요ー 하고 염원하는 의미가 담겨 있다고 해요.

그곳의 깊은 물속엔 요괴 갓파가 산다… 그런 전설이 있어요.

여기엔 혼자 오려면 용기가 필요하니까.

원천탕에 간다길래 같이 왔어.

우타강 다리 근처에서 이 양반들을 만났는데,

여어— 구라이시씨!

그러셨습니까?

야마모토님.

평소랑 별반 다르지 않아요—

그래요?

여긴 어때?

아탕의 원천 수량이 적다길래.

귀찮아질 것 같아서 잠자코 있는 세 사람

여러 놈들을 우르르 데리고.

여러 놈들이라니

구라 선배님은 웬일이세요?

마을자치회의원 미야모토 아키나리씨는 죽마고우라늘 셋이 몰려다닌다.

게다가 기생개구리가 없어진 건 온천탕 때문이 아니라고 학자 선생이 그랬잖아.

쓰요시네 아버지 마사루씨, 루이네 삼촌인 수산 회사 사장 하라 다케시씨,

그후로 기생개구리도 안 울고!

미야네 아저씨가 내천탕을 만든 뒤로 뭐 제대로 되는 게 없어!

마을 자치회에서 오케이를 해버렸으니.

어쩔 수 없잖냐.

32

'아즈마야'의 선대 사장 온천조합장

당시 아직 젊고 혈기 왕성했던 구라이시 아저씨와 '아즈마야' 선대 사장님에게

주민회관에서 치러진 성인식에 알몸으로 난입한 적이 있는데

'세 악당'이라고 불렸다. (지금도 마찬가지)

세 사람은 젊었을 때 말썽을 많이 부려

아키나리 18세

마사루 18세

다케시 18세

수고해.

푹 들지져.

이후로 구라이시 아저씨 앞에선 기를 못 폈다고.

이상 없으면 됐어.

흠씬 두들겨 맞았다.

그거

그거

설마 그럴 리가! 아야코가 열두 살은 더 많아.

고지 녀석, 아야코한테 푹 빠졌나 보네!

와하하하하.

'아즈마야'의 아야코—?!

모를 일이지~

거기엔 내가 진작 배달했는데?

이유는 모르겠지만, 아야코 아주머니랑 같이 있었어요.

'아즈마야'?!

고지 형, '아즈마야'에 있어요.

삼촌.

33

쓰요시
13세

가즈키,
왜 그래?

쫄았냐
—?

깊은 물은
한없이 푸르고
깊어서

정말로
갓파가 살고 있을 것
같았다.

뛰어내려,
가즈키
—!

가즈키
13세

사실 그때
쫄았었다.

그때 넌
울고 있었어.

왜 운 거야?

아무리
열심히
도망쳐도

슬픈
거짓말이야.

감사
합니다—

꼬맹이
도
애썼다
—

아가씨,
고마워—
즐거웠어.

내가
네 전용
운전기사냐?!

돌아
가자.

현실은
쫓아오기
마련인데.

…
그럴지도.

그럼 모쪼록
편안한
시간
되세요!

참가해
주셔서
감사합니다!

48

꽃?

아! 어머…
아니, 여사장님은
아야코 이모님과
꽃을 꽂으러.

도시코
는?

예.

저런 얘기는
후딱
끝내버려!

단, 괜한
미움 사지
않게 예의는
지키면서!

알겠니?

어레인지
먼트
플라워.

이 요란한
꽃은 다
뭐니?!

엄마가
도쿄에
있을 때 줄곧
배우러
다닌 거.

저거.

그보다
대체 뭐니?
이 정신
사납게
화려한
꽃은!!

움직이는 게
좋다고
선생님도
그러셨다!

뭐…?

돌아다니면
안 돼!

어머!
엄마!

뭐…

당장 치우거라!

화려한 꽃이 웬 말이니! 룸살롱 개업식마냥!

당연히 안 되지!

여긴 온천 여관이야!

뭐어~?! 애써 꽂은 건데—

나도 괜찮을 것 같았고.

실내가 살풍경하다며 아야코가.

그럼 안 돼?!

우타강변에 억새가 자랐지?

예.

꺾어오렴.

그런 싸구려 술집엔 주기 싫어!

'쌈바'에?!

하쓰에씨한테 선물이라도 하든지!

그 사람은 화려한 걸 좋아하니 기뻐할 게다.

다에!

좋구나.

네게 맡기마.

상류에 산백국이 피었어.

싸리랑 도라지꽃도.

당연
하지.

벌써?

…그 말은
큰여사장님도

페이크도,
팩트도,

접객담당자
휴게실엔
이런저런
정보가
들어와.

너 설마
알고
있―

아무래도
상관없는
것도.

역시 수행이
부족하네.

가즈키.

마을 제일의
미인은

가자,
마모루.

응.

꽤나 속이
시꺼멓다.

저런 꽃은
왜 장식하면
안 돼?

할머니는
계절감은
중시하거든.

계절감?

응.

계절감이
뭔지 나중에
검색해보렴.

마을 제일의 미인 *끝*

제2화 돌아오지 못할 사람

'아즈마야' 여관의
온천수에는
유황이 함유되어 있어
급탕관과 배수관도
빼놓지 않고
청소해야 한다.

그렇지 않으면
유황 침전물,
'탕화'가 달라붙어
배수구가 막힌다.

후우——

온천수
관리 업무
중에서 가장
힘든 일 중
하나다.

우타(詩歌)
라는 이름엔
여러 유래가
있는데,

저희 여관
앞을 흐르는 강
이름은
우타강이에요.

강에 서식하는
기생개구리의
울음소리에서
유래했다는 설과

* 小倉百人一首. 덴지 천황부터 준토쿠 천황에 이르기까지
  가인 백 명이 지은 와카(和歌, 일본 고유의 정형시)를
  한 수씩 골라 모은 시집.
** 스토쿠 천황(崇德天皇).

사실
이 우타강에는
흘러드는 지류가
한 줄기도
없습니다.

이렇게 가까이
흐르는데도
온천 마을을 흐르는
가지카강의 지류도 아니고,
그 어떤 강하고도
합류하지 않죠.

즉, 우타강은 단독
본류인데, 이 정도
규모의 하천이 단독
본류인 경우는 무척
드문 일입니다.

이 깊은
계곡에서
서로 가까이
흐르지만

그럼에도 합류하지
않고 헤어지는
두 강을 스토쿠인이
슬픈 사랑 노래에
빗대었다…는
설입니다.

참고로 시가를
누가 비문에
새겼는지는
모른대요.

역시 스토쿠인의
시가비(詩歌碑) 얘기,
좋은걸!
여성손님한테
먹힐 것 같아!

그치?
할머니.

이해가
쏙쏙
돼.

근데
다에는
설명을
참 잘하는
구나!

몰랐
어요—

와아—
그런 설이
있구나.

그래요?

다행
이다!

65

다에!

너, 거기 서!

가자, 마모루.

도와줘.

당일치기 손님이 오기 전에 해야 할 일이 많아.

으, 응.

마을 방송에서 얼마나 떠들었는데. 할머니도 내빈으로 참석했고.

어제는 가지카자와 초·중학교 합동 운동회였고, 오늘은 대체 휴일이야!

마을 행사엔 보나마나 관심도 없겠지만,

애한테 화풀이하지 마. 꼴사나워.

의학부 수험?

쟤는 왜 맨날 말을 저렇게 한담!

버럭

으휴─

* 카페 쌈바

83

마찬가지로 3년 전에 병으로 돌아가신 이다 양아버지는 엄마의 삼촌이었다.

아들이 조난됐을 때 흔적이랄 게 좌우간 아무것도 나오지 않았거든.

엄마랑 이혼한 친아버지, 어머니의 재혼 상대이자 병으로 돌아가신 '아사노씨'.

그래서 자살한 거 아니냐, 사실은 실종된 거 아니냐는 둥 여러 말이 많았네.

죽은 것보단 훨씬 나으니까.

발견되지 않은 채 몇 년이 흐르니

차라리 실종이면 좋겠다고 생각하게 되더군.

그럴 리 없다.

아들은 그런 녀석이 아니라며, 당시엔 화가 머리끝까지 났지만

물론 덧없는 망상 이지만.

아하하하하

그 녀석은 예쁘지도 않으니까 착하지도 않아요

아니아니 아니

어딘가 에서

몰래 살고 있으면 좋겠다… 뭐 그런.

?

오가와씨처럼 예쁘고 착한 여자랑 가정을 꾸려

あづまや

86

고함소리와 맞았던 공포뿐이다.

친아버지에 대한 기억이라곤

그래도 구라이시씨와 이다씨는 그런 내 망상에 동참해주었지.

아들은 이제 돌아오지 않으리라는 걸.

진작부터 알고 있었어.

그리 말씀해 주셔서

이다 아버지도 안심했을 거예요.

덕분에 마음이 많이 치유되었어.

짧은 시간이었지만, '아버지'에게 어리광을 부린 행복한 시간이었다.

잘 모르겠구나.

… 10년이라는 시간이 긴 건지 짧은 건지

그래도 '아사노씨'는 나랑 내 바로 밑 남동생 도모키를 무척 귀여워해주었다.

그후로 어머니와 한 번도 만나지 않았다.

이다 양아버지는 어머니가 마모루를 못 키우겠다며 맡기러 오자, 연을 끊을 것을 조건으로 나와 마모루를 양자로 삼았다.

그후 만난 사람과 마모루를 낳았다.

아사노 아버지가 돌아가신 후 어머니는 곧 도모키를 데리고 새로운 상대와 이 마을을 떠났고,

우타강에서 기생개구리가 계속 울었으니까 분명히 맑을 거예요!

분명히 청명할 거예요.

내일은 날씨가 어떠려나? 맑으려나?

아이들 나이 부르는 거 말이야.

한 살(히토쓰)부터 아홉 살(고코노쓰)까지는 '쓰'가 붙잖아?

군이 말하자면 그 나이까지는 사람보다 신이나 부처에 더 가깝대.

할머니가 그랬어.

뭐?

'쓰'가 붙을 땐 신이나 부처와 같다.

日

그래서 마모루 눈에는 죽은 사람을 이끄는 등불이 보였나봐.

형이랑 똑같아?

뭐? 그럼 내가 수험자야?!

어른이 되기 위해 수행하는 기간이라고나 할까?

뭐어—?! 그럼 나 신이야?!

그런 사람을 골라서 보여주는 걸 거야.

이젠 돌아올 수 없는 슬픔을 헤아리는 사람.

밤을 새운 장례가 끝나고, 고별식을 앞둔 전날 밤.

아사노 아버지가 돌아가신 후

그럼 나도 어른이 되어도 보일까?

사실 딱 한 번, '지금 생각 해보니…'싶은 걸 본 적이 있다.

흠. 그건 모르겠네.

'죽음'이라는 걸 실감하진 못했지만, 아사노 아버지가 이젠 돌아오지 않는다는 건 알았다.

나는 여덟 살이고, 동생 도모키는 여섯 살이 되었을 무렵 이었다.

별이 가득한 밤하늘에 검은 산의 실루엣이 떠올라

대머리 산?

있잖아.

방금 대머리 산에…

대머리산이 평소와 다르게 느껴졌다.

대머리 산이 뭐?

별이 엄청나!

그건 별빛이나 반딧불이었다— 그렇게 생각하기로 했다.

안 그러면 도모키가 다 먹어 치울라.

빨리 먹어.

아무것도 아냐!

누나가 무서워 할까봐

안 돼 —!

오올— 그 세 악당?

세 악당이 낸 아이디어 라나.

그때 맞추어 스님이 불귀교에서 불경을 욀 거야.

뭐?

내일 정상에서 쓰요시가 라이브 방송으로 중계할 거래.

다행이야. 내일은 맑겠어!

성희롱하는 재주밖에 없는 줄 알았더니, 쓸 만한 생각도 하더라고.

…

95

너도 '쓰'가
붙나보네.

관~자재보살 행~
심반야
바~
라~
밀~
다~
시~

중얼 중얼 중얼
중얼 중얼 중얼

시작
했다!

뭔 소리야?

애라고 하고
싶은 거냐?

불귀교 건너편—
스토쿠인 시가비
근처에서
스쳐지나갔다.

내가
마모루 정도
나이였을 때

이 사람을
본 적이 있다.

안녕하세요?

뒤돌아보니
그 사람의 모습은
이미 없었다.

여름인데
두꺼운 옷을 입고
유난히 중장비를
하고 있었다,
그런 정도의.

뒤돌아봤던 건
아주 조금 위화감이
들었기 때문이었다.

여기에
처음 왔을 때
사납던
얼굴이
거짓말이었던
것처럼.

무엇보다
눈에 띄었던 것은
입 근처에 난 점.
그것은 지금도
또렷하게
기억한다.

대학교 로고가 박힌
초록색과 검정색의
하이칼라 바람막이
재킷.

…
야마모토님의
얼굴이 아주
좋아 보여요.

그럼
된 겨.

온천을
즐기는
여유도
생겼지.

구라이시
시게루

여기에
들락
거리다
시게랑
친해졌고.

틀림없이
돌아간 이도
안심할 게야.

어떤 계기가
있었는지
모르겠지만
세 악당하고도
연이 생겼고.

웃고 있음

생긋

무섭지
않았지?

…

빙글

살아 있는 사람이 훨씬 무섭다라.

맞는 말이야.

가즈, 그럼 나 간다.

응.

분명 내려오자마자 바로 목욕하겠다고 할걸.

나도 도울래!

그럼 일하러 가자! 노천욕탕 체크 해야 해.

이 마을의 온천도 마음에 들어 하시고요.

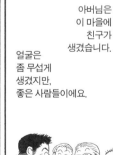

아버님은 이 마을에 친구가 생겼습니다.

얼굴은 좀 무섭게 생겼지만, 좋은 사람들이에요.

그곳에서 아버지의 모습이 보이시나요?

돌아오지 못할 사람 *끝*

제3화

미녀는 야수

110

초·중학교 동창생
하야시다 루이는
마을사무소
관광과에서 일한다.

114

뭐?

다에 걔,
대학 안 간다는 거
진짜야?

아버지?

아니.

다에가
그래?

너희
아버지가
그걸 어떻게
알아?

우리
아버지가.

부자

친구

하라
다케시

하라
고지

아야코
(다에네
엄마)

모리노
마사루

부자

말 돌리기
게임이냐

그 재혼한
부인이
임신해서

이젠
양육비를
못 주겠다고
했대.

그 녀석, 공부
열심히 해서
루이랑
같은 고등학교도
들어갔는데—
이건 좀 아니지
않아?

그런데 이유가 너무하다고.
다에네 아버지가
젊은 여자랑 재혼했다는
얘기는 들은 적 있지?

다에가 다니는
고등학교는
이 주변은 물론이고
현 내에서도
손에 꼽을 만큼
똑똑한 녀석들이 가는
학교이다.

대학교 진학을
전제로 커리큘럼이
짜여 있고,
진학하지 않는
학생은 거의 없다.

근처에
한 명 더
있다.

루이가 대학에
가지 않고
마을사무소에
취직하겠다고
했을 땐
모두 놀랐다.

수재뿐인
그 고등학교에서도
루이의 성적은
언제나 1, 2등이었다.

루이.

왜 이렇게 늦게 와!

드르륵

"내가 워낙에 고향을 좋아하잖아." 그런 이유였다.

부모님도 학교도 모두 강력하게 진학을 권했지만, 루이의 마음은 바뀌지 않았다.

…참 내. 맨날 상사처럼 굴어.

… 알았어.

세면대와 어메니티 확인은 내가 할 테니까, 수건 체크해.

물 온도 체크 끝.

확실히
쪼잔하긴
쪼잔하니까.

괜찮아.

아.

미안.

뭐어?!

줄이
겠대.

안 보낸다고
한 건
아냐.

쪼잔해!

쏴아
ー!

그때
진 빛이
아직 남아
있어.

우리 아버지가
작은 출판사를
경영하다
도산한 건 알지?

응.

빚?!

아버지한테
빚이
있거든.

그치만
어쩔 수
없는
사정이
있어.

내가 대학에
안 가는 건
사실이야.

거기에
부인이
임신까지
했다니
줄이고
싶을 만해.

당시 직원이던 지금
부인과 새롭게
편집 회사를
차린 지 얼마
되지 않았는데,

그러고 보니 도쿄에 있을 때 유명한 병설 여자 중·고등학교를 다녔다고 했지, 참.

왜 그러지 않았어?

대학 입시를 생각하면 도쿄에 남아 거기서 그대로 고등학교에 진학하는 게 제일 좋잖아.

그래.

그렇게 한참 전에?

아아… 뭐 그렇지.

엄마가 무슨 일이 있어도 날 데리고 내려가겠다고 우겼거든.

'가구라자카에 사는 할머니'는 다에의 친할머니다.

큰여사장님도 지원해줄 테니 그렇게 하라고 말해주셨지만.

가구라자카*에 사는 할머니도 자기네 집에서 고등학교에 다니라고 하시고,

아마도 다에를 보려고 온 걸 거다.

저쪽 할머니를 일방적으로 싫어했으니까.

뭐, 엄마가 그러라고 할 리 없다고 생각했어.

다에네 부모님이 이혼한 후에도 종종 요양이란 명목으로 '아즈마야'를 다녀갔다.

• 도쿄 신주쿠구의 동쪽에 있는 지역.

게다가 진학이라는 선택지도 일단 남겨두고 싶단 마음이 조금은 있었어.

어쩐지 ...... 루이 녀석도 똑같은 생각을 했을 것 같아.

너랑 모리가 다닌 고등학교는 뭐어?!

지금 고등학교에 들어간 건 여기에서 제일 가까워서.

모리 (모리노 쓰요시)

우리 학교는 겨울만 아니면 자전거로 갈 수 있고, 공립이라서 돈도 안 들어.

린다에게 재미없는 학교라고 얘긴 들었지만, 그 말 그대로였어.

카야시다 루이 린다 아니냐고

그야 그렇겠지. 대학교 보내려는 빡센 학교니까!

그치만 학교 행사도 별로 없고, 공부만 해서 재미없어.

아버지가 양육비 애길 꺼낸 건 최근이야.

그러니까 진학하곤 아무 상관없어.

그래서 말한 건 개랑 너뿐이야.

알아. 린다한테도 똑같은 말을 들었어.

알미우니까.

...다른 사람한테 절대로 그 애긴 하지 마.

일곱 살은
아직 엄마가
그리울
나이다.

히나타는
일곱 살.

아홉 살 때
헤어진 나보다
두 살 어렸던
남동생.

그때 도모키도
일곱 살이었다.

도모키를 만난 건
8년 후,
내가 열일곱 살이고
도모키가 열다섯 살
이었을 때였다.

도모키는
엄마를
따라갔다.

나는
이다 작은할아버지
밑에 남았고,

도모키는 학교에
거의 가지 않고
도둑질과 싸움을 반복하다
교정시설에
들어가게 됐었다.

낙엽이
장난
아냐.

한번 더
쓸어야
겠어.

응.

예쁘기만 한 게 아니라는 걸 여기 살면서 알게 되었어.

낙엽이 늘어나면 곧 눈의 계절이 찾아온다.

나쁘지만도 않아.

좋은 것만은 아니지만,

하지만 눈은 풍부한 물과 온천의 기원이 된다.

이윽고 마을은 깊은 눈에 갇힌다.

그래도 눈은 참 예뻐.

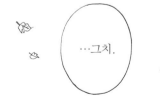

…그치.

역시 없어서는 안 되는 존재다.

그렇
겠네요.

마을에도
곧 내리겠어.

아!
정말
이다.

가타비라산이
어렴풋이
허예졌어.

그런
가요?

네?

너도 온천수
관리자다운 말을
하게 됐구나.

혹시 이거
칭찬
인가요?

칭찬은
무슨.

여기에 낙엽이
많은 게
아무래도
신경쓰여서요.

그렇긴
한데,

오늘 반차
내지
않았나?

큰
여사장님.

꼭
할아버지랑
손주 같네.

그리고
있으니

134

구라씨, 걱정도 태산인 건 여전하네.

이젠 지팡이도 필요 없을 정도로 좋아져서.

괜찮아.

안 돼요! 넘어지기 쉬운 이런 데 오시면.

큰 여사장님!

그치만 여긴 낙엽이 많아 미끄럽습니다.

구라 아저씨…

마을 제일의 미인?

그야 큰여사장님이지.

후사코는 이다 할머니, 말하자면 나와 마모루의 양어머니다.

아! 예예!!

네?

가즈, 오늘 후사코씨에게 갈 거지?

'미우라'의 밤 찹쌀떡이 있으니 둘이서 저쪽에서 먹고,

후사코씨 한테도 가져다 드릴.

가, 감사합니다.

내년이면 벌써 7주기야.

참 빨라.

그러고 보니 15일이네요.

오늘이 선대의 달 기일이라 주문했어. 좋아했거든.

이다 양아버지가 돌아가신 후 치매에 걸려 지금은 요양원에 있다.

아닙니다. 꼭 가겠습니다.

꼭 가, 안 가면 아이짱 선생님한테 또 야단맞아.

구라씨, 오늘 진료소에 가지?

꼭이다?

예에~ 예에~

예에~ 예에~

자자, 그만 돌아가시죠. 여긴 추우니.

가즈, 프런트에 맡겨둘 테니까 잊지 말고 가져가렴.

아, 예. 감사합니다.

구라씨도 '미우라'의 밤 찹쌀떡을 좋아하잖아.

구라씨 몫도 잊지 않고 남겨놨어.

*특수 케어 '노인센터'*
가지카의 별

여러
가지를     병에
자꾸    걸리셔서.
잊으셔.

…응.    날 가즈키라고
안 불러.    할머니가
요즘은

이다 양아버지는
엄마가 나와 마모루를
두 번 다시 만나지
않는 것을 조건으로
우리를
양자로 삼았다.

응.

태어나자마자
이다 집안에
맡겨진 마모루는
'엄마'를 모른다.

그렇구나…
그럼
어쩔 수
없네.

내 형이지?    '도모키'도

그후로
한 번도 엄마를
만나지 않았다.

…있잖아,
형.

'도모키'…
형을.

역시 보고
싶었나봐.

할머니가
날 가끔
그렇게
불렀어.

만년에 양아버지는
도모키를
엄마에게 보낸 걸
무척 후회했다.

…
그럴 수도
있겠다.

같이 안 가?

형.

일곱 살이던
도모키는
엄마랑
헤어지기
싫다고 했다.

아홉 살이던 난
엄마와 엄마의
새 남자가
미치도록 싫어
이다 양아버지 집에
남았지만,

만약에
그랬다면—
가끔
생각해본다.

요코가
데려가게
두는 게
아니었어.

억지로라도
내 곁에
두었어야
했어.

잠시
시간
괜찮아?

이다
군.

あづまや

형은 마저
일해야 하니까,
넌 집에
가 있어.

ぐるや?

'만약에' '그랬다면'
도모키와 나에게
다른 미래가
있었을까?

응.

아, 예.

잠깐
사무소에
와줄래?

할
얘기가
있어.

어?

**페크**
뉴스구먼.

자선사
주지 스님?!

너희가 가즈키를
사무실에 끌고 갔다는
얘길 듣고,
부주지 스님한테
모셔다달라고
했다.

방금
그 얘기도
**브루토스**로
다 들었다.

다에하곤
**냥~**으로
이어져
있거덩.

주지
스님이
왜
여기에?!

'페이크 뉴스'랑
'나인'이랑
'브루토스'
말씀하시는
거죠?

휴대폰을
휴대 안 함

圧,
압박감

주지 스님,
빈집털이범이
들었었다는 게
사실인가요?

…게다가 그 얘긴 아마 사실일 거야.

**멍청한 딸들을 꾸짖는 라이온 퀸**

동물 다큐멘터리 같았지 정말로 무서웠어

남들 보는 앞에서 큰여사장님께 호되게 야단맞았으니 조금은 반성하지 않았을까?

그치만 뭐 작은여사장님이랑 아야코씨도 사과해줬고.

굳이 나에게 알려주려 온 사람이 있었어.

부주지 스님이 재치 있게 날 감싸준 거야.

도모키 녀석이 본당에서 뛰쳐나갔고… 빈 봉투가 입구에 떨어져 있었다고

뭐?

너한테 굳이 알려줬다는 그 녀석이 누군데?

누구 야?

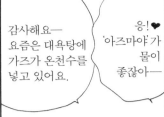

감사해요—
요즘은 대욕탕에
가즈가 온천수를
넣고 있어요.

응!♥
'아즈마야'가
물이
좋잖아—

캐릭터
전환

앗!

고지씨—

또
들르셨어요
~~?

헤벌레할 때가
아니라고요?
그 녀석, 손톱
세우고 있어요~
송곳니를
드러내고
있다고요~~

근데 알고 보니,
깜빡하고 돈을
안 넣은 봉투였을
뿐이래요.

가즈의
동생이
시주를
훔쳤다나?

주지
스님이
그러더
라고요—

근데 누군진
모르겠지만,
악의적으로 이상한
소문을 퍼트리는
사람이 있는 것
같아요—

그쵸,
그쵸~

그거…
대단
한걸…

어?
그래
?

응?

무책임한
소문을
퍼트리는
사람이라니,

그런
쓰레기가
또 없죠—

미녀는 야수 *끝*

제4화

겨울의 꽃

나는
이다 가즈키.

조용
하네.

가지카자와
온천 '아즈마야'
여관의 온천수
관리자
견습생이다.

날이 밝진
않았지만, 밖이
어슴푸레 밝다.

눈 내리는 아침의
마을은
평소보다
조용하다.

역시.

꽤 많이
오네.

으에
에에
~

아직
여섯시도
안 됐어.

몇
시야?

일어
났어?

음
—….

내린 눈에
빛이
반사되어
그런 걸
테지.

더 자.

* 떡이나 경단을 꽃처럼 나뭇가지에 매다는 것.
** 일본 건과자의 일종.

귀를 막고
창밖을
봤다.

어지러운
방 한구석에서
도모키와
둘이 웅크린 채

고함소리와
무언가가
부서지는 소리.

아버지 분노에
불이 붙으면
아무도 말릴 수
없었다.

정말로
손쓸 방도가
없다.

소리도 없고
색도 없는

무채색 세계.

…
알았어?

가즈키.

어쩌다 그렇게 됐는지!

자선사랑 가타비라이나리 신사가 가까이에 있잖아.

또 남의 애기를 안 듣고 있었어!

뭐?!

어… 뭐…? 어쩌다?

와아— 그렇게 오래됐어요?!

그치. 헤이안 시대** 에 만들어졌다나봐.

어? 그럼 자선사보다 가타비라이나리 신사의 역사가 더 오래됐어요?

불교가 일본에 들어왔을 때 고대부터 있던 씨족신과 싸우지 않고 신앙을 절충하여 널리 포교한 흔적이야.

'신불 습합'* 이라고.

그렇 구나.

그렇다 면서요? 할머니한테 들었어요.

'아즈마야'는 가타비라산을 신앙한 사람들이 묵은 숙사에서 시작됐으니까.

그런 거지.

아— 그래서 우리가 가타비라이나리 신사에 신세를 지고 있구나.

그래서 오래된 신사일수록 그런 형태를 띠어.

'숙사'로 검색중 →

* 신도와 불교가 융합하여 나타난 신앙 형태.
** 794년~1185년.

응. 그렇게.

좋아.

예뻐 ㅡ

좋네요 ㅡ

이렇게 하면 되나요?

음... 좀만 더 오른쪽으로.

어린 시절 '화재 보내기' 때 붕어 센베이를 서로 먹으려고 곧잘 싸웠잖아. 그치, 언니?

기분도 밝아지고.

맞아 ㅡ

이걸 장식하면 '아아, 정월이 다가오는구나!' 싶어.

검은콩 조림 좀 맛봐주시겠어요?

신불습합처럼 평소의 거북함과 언쟁도 이 시기에는 잠시 사라진다.

큰 여사장님.

그니까 말야 ㅡ 지금 생각하면 왜 그렇게 먹으려 했는지 모르겠어.

응? 근데 저거 별맛도 없잖아?

보기에 귀여우니까 그랬겠지, 뭐 ㅡ

그해에 수확한
채소와 쌀,
검은콩 등으로
만든 정월 음식,

신찬이란
신에게
바치는 음식을
말한다.

가타비라이나리
신사에 봉납할
신찬을 '아즈마야'에서
만든다.

감사
합니다.

맛있네!
언제나 그렇지만
참 잘 만들어.

그리고
작은
유부초밥을
바친다.

알겠
습니다

나머지도
알아서
잘들 해줘

지금부터 설까지는
주방도 다른 업무의
담당자도 눈이 핑핑
돌 정도로 바쁘다.

떡이
충분하려나?

예.

서둘러야 해.
객실에 꽂을 걸
아직
못 만들었어.

유부초밥을 먹으면
무병장수한다고 해서
숙박객과 종업원에게도
제공한다.

마음을 하나로
모으지 않으면
이 난관을
넘길 수 없다.

등명암엔

눈이 이렇게
오는데도,
역시 별로
쌓이지 않았네.

…흐음. 그런 일이 있었어?

가즈랑 마모루 엄마한테 질 나쁜 남자가 붙어 있어서

이다씨가 그 둘을 지키기 위해 아이들을 양자로 삼은 거거든.

한심하기 이를 데 없어서야, 원.

애들 엄마가 요코지…?

걔가 확실히 남자 관계에 문제가 있긴 했지.

도모키 일을 이유로 쫓아내려 하다니!

그런 그 아이들의 사정을 알고 있을 텐데

그렇게 단정하는 건 이르지 않아?

에이~

아니!

이번 일로 아주 자—알 알았어.

우리 딸들에게 온천 사장은 무리라는 걸!

12월 31일 섣달그믐.

가타비라이나리 신사에 신찬을 봉납하는 것에서부터 하루가 시작된다.

신관을 선두로 '아즈마야' 당주, 같은 씨족신을 모시는 사람들, 그 뒤를

그해에 성인이 되는 청년들이 뒤따른다.

마을 소방단의 일원이 된다.

그리고 새롭게 성인이 되는 남자는 신관한테서 특별한 축성을 받고

이후에는 마을의 성인 남성으로서 화재 예방 임무를 맡는다.

하여튼 남자들이란!

곧 새해가 되는데—

우리 남편은 오빠랑 오빠의 단골 술집에 가버렸어요.

홀짝

움찔

쉬시는 데 실례하겠습니다.

이불을 준비해드려도 될까요?

혼자 술 마시며 눈 구경하니 사치 부리는 기분이야—

남편이란 자고로 건강하고 집에 잘 안 들어오는 게 최고죠!

뭐 상관없지만!

아, 네에.

예— 해주세요.

그렇다고 하더라고요.

이 지방에선 떡꽃 대신에 정월 대보름까지 이걸 장식해둬요.

예.

경단 장식이라고 하죠?

이거 참 예뻐요.

주방에서 봉납 유부초밥을 가져왔어요.

가즈키, 구라 아저씨!

과연.

몸이 차가울 땐 물이 뜨겁게 느껴져.

첫 참배를 다녀온 손님이면 몸이 차게 식었을 것 아니냐.

그러니 조금 내려봐야 적정 온도로 느껴져.

데 에 에엥

사 ン バ

오오─

백팀이 이겼어

요즘은 연말연시에 밥도 그럭저럭 괜찮게 먹을 뿐 아니라 일에 쫓기다보면 눈 깜짝할 새에 새해가 밝아 있다.

아까 쓰요시랑 루이가 데리러 와서 제야의 종을 치러 갔어.

마모루는?

그래.

구라 아저씨도 어서 드세요.

잘 먹을게.

오오, 고마워─ 배고팠는데!

그 걸그룹의 퍼포먼스가 끝내줬는데―

아~ 역시 백팀이 이겼어?

음~~ 유부초밥 맛있다!

그치만 난 이런 설이 그리 싫지 않다.

산도씨 고마워

아이 짱 섭 고마워

상상했던 거하곤 상당히 다르다.

아, 예.

앞으로도 쌈바를 사랑해주세요!

건배─!

190

입자는 미세하고
흰 빛깔은
한층 짙어진다.

사락사락 눈이
내려앉는 소리.

데ㅡ

ㅡ베엥...

기온이
더 내려갔기
때문이다.

새해 복
많이 받아.

가지에
내려앉은 눈이
마치 만개한 꽃처럼
주변을
아련하게
밝힌다.

심야에도
어렴풋이
밝다.

으앗, 그렇구나—

내일이 아니라 '오늘'!

내일은… 그러게. 역시 네시 반에 일어나야 겠어.

올해는 눈이 적게 내릴 줄 알았는데 갑자기 확 쏟아지네.

겨울에 색을 입히는 꽃의 존재도 몰랐다.

눈은 그저 눈일 뿐이었고,

늦게까지 다녀 고생이 많으세요.

왔어요.

어서 오세요.

새해 복 많이 받으세요!

색도 없고 소리도 없다고 생각했던 무채색 세계는

춥다—

새해 복 많이 받으세요!

대욕탕도 독탕도 이용 가능하니

새해 복 많이 받으세요.

탕에 들어가 몸을 녹이세요.

사실 이토록 풍부한 색과 소리로 가득차 있었다.

아이구— 고마워라.

겨울의꽃 *끝*

UTAGAWA HYAKKEI Vol. 1 by Akimi YOSHIDA
ⓒ2020 Akimi YOSHIDA
All rights reserved.
Original Japanese edition published by SHOGAKUKAN.
Korean translation rights in Korea arranged with SHOGAKUKAN
through Shinwon Agency Co.

# 우타강의 시간 1
ⓒ2020 Akimi YOSHIDA

1판 1쇄    2021년 11월 19일
1판 2쇄    2022년  9월 27일

지은이 요시다 아키미
번역 김진희

기획·책임편집 김해인
편집 김지애 이보은 조시은
디자인 신선아
마케팅 정민호 이숙재 박치우 한민아 이민경 안남영 김수현 정경주
브랜딩 함유지 함근아 김희숙 박민재 박진희 정승민
제작 강신은 김동욱 임현식

펴낸곳 (주)문학동네
펴낸이 김소영
출판등록 1993년 10월 22일 제2003-000045호
주소 10881 경기도 파주시 회동길 210
전자우편 comics@munhak.com
대표전화 031-955-8888 | 팩스 031-955-8855
문의전화 031-955-3578(마케팅) | 031-955-2677(편집)

네이버카페 cafe.naver.com/mundongcomics
페이스북 facebook.com/mundongcomics
인스타그램 @mundongcomics
트위터 @mundongcomics
북클럽문학동네 bookclubmunhak.com

ISBN 978-89-546-8324-1  07830
ISBN 978-89-546-8323-4 (세트)

**www.munhak.com**